Sous les marronniers

Eugène Muller

Édition et mise en page : Culturea (Hérault, 34)
Retrouvez notre catalogue sur http://culturea.fr/
Contact : infos@culturea.fr
Imprimé en Allemagne par Books on Demand Gmbh
Design typographique et layout : Derek Murphy et Reedsy
ISBN : 9791041991709
Date de parution : Mars 2024

LA FÊTE DU MAITRE D'ÉCOLE

Si jamais magister ressembla au personnage qu'on a coutume de peindre quand on veut représenter le chef de quelque pauvre petite école de campagne, ce fut sans contredit ce vieux M. Bidard, qui le premier eut la patience de me faire apprendre et réciter : « J'aime, tu aimes, il aime… — deux fois deux quatre, trois fois trois neuf », et qui le premier perdit son temps et sa peine à inaugurer chaque page neuve de mes cahiers par un bel exemple de coulée ou d'anglaise, que je prétendais avoir recopié quand j'avais outrageusement chamarré de traits diffus et informes le reste de la feuille.

Ce vieux M. Bidard, vous le voyez, j'en suis sûr, aussi bien que je puis le voir moi-même : — soixante-six à soixante-huit ans, assez grand, mais voûté et étroit d'épaules ; maigre, les jambes fluettes et flageolantes, un nez long et large, des yeux caves, que par instant ferment de grises paupières à mille plis ; des joues toutes sillonnées de rides qui se réunissent en faisceaux aux coins des lèvres et du nez, des mains sèches aux doigts noueux.

Vous voyez sur le col haut et épais de sa grande redingote olivâtre, à boutons de corne, tomber quelques mèches de cheveux blancs, s'échappant de dessous le bonnet noir, tortueusement pointu, qui lui couvre les oreilles et les sourcils. Vous voyez le gilet, taillé dans quelque drap terne, évasé par le bas, laissant voir le pont du pantalon que l'usure a lustré, et de chaque côté duquel se montre une patte de bretelle de cuir. Vous voyez l'antique cravate de soie éraillée, tournant deux ou trois fois autour du cou et finissant par un petit nœud en papillon. Vous voyez la grande clef de montre en laiton estampé, pendant à une ganse de filoselle verte, sous une des basques du gilet ; enfin les souliers à boucles d'acier quelque peu rouillées, qui découvrent sur le cou-de-pied un grossier bas de laine bleue.

Vous surprenez, par exemple, M. Bidard se promenant dans sa classe, à pas lents, les genoux fléchissants, les mains derrière le dos, avançant obliquement la tête pour regarder à droite, pour inspecter à gauche, par-dessous ses lunettes relevées, qui miroitent vaguement et semblent lui donner deux gros yeux louches de plus.

Et comme vous voulez achever le tableau, compléter la ressemblance, vous armez M. Bidard de quelque martinet, ou de quelque férule, que ses mains paraissent tout aises de palper, et vous donnez à ses traits austères cette froide et presque cruelle sévérité qui est devenue de tradition. — Mais alors je vous arrête et vous dis : « Fi de la tradition ! Vite, ôtez ce martinet ; vite, enlevez cette férule, et vite rendez au respectable visage de mon vieux maître à conjuguer, à griffonner, la douce, la bonne, la paterne expression qui lui appartient à si juste titre. »

Peut-être aussi — toujours en vertu de la tradition — comptez-vous trouver dans ce pauvre instituteur de village quelqu'un de ces ridicules et pédantesques ignorants qu'un poète nous montre :

Fiers d'enseigner ce qu'ils ne savent pas.

Eh bien, non encore ! Plût à Dieu que pour ma part j'eusse pris de M. Bidard tout ce qu'il était à même de me donner, et su apprendre aussi bien qu'il savait enseigner !

Mais c'est moins de l'homme instruit que de l'homme bon que je veux vous parler ; revenons à l'homme bon.

Oh ! oui, bon ! trop bon ! mille fois trop bon ! car la bonté est-elle de mise avec une légion d'espiègles, de mutins, de musards qui semblent avoir pour unique souci de chercher le moyen par lequel échapper à toute contrainte, à toute discipline, à toute application ? L'indulgence, la douceur, la faiblesse sont-elles bien venues chez l'homme à qui est confiée la direction d'un essaim de garnements, dont le premier instinct est de savoir reconnaître ces bénignes dispositions pour en abuser sans mesure ?

Non, sans doute.

Tels nous étions cependant, tous moins studieux, moins soumis, moins respectueux même les uns que les autres, nous, les vingt ou trente élèves de M. Bidard, et pourtant nous le trouvions sans cesse doux, indulgent, clément.

C'était son défaut, à ce digne homme. On le lui disait parfois ; il se le disait souvent, et il devait, il voulait toujours s'en corriger ; cela depuis qu'il était maître d'école, c'est-à-dire depuis près de cinquante ans.

Dieu sait s'il pouvait y avoir chance de guérison, alors que le mal avait résisté aux attaques de six ou huit implacables générations d'écoliers. Et pourtant M. Bidard ne désespérait pas de secouer cette maudite faiblesse, qui avait fait de son existence une longue suite de tracas, de tribulations.

C'était même à la seule certitude de savoir s'y soustraire prochainement par une énergique réaction contre son caractère, qu'il avait toujours dû de supporter avec une patience surhumaine son insupportable martyre.

Tous les jours, à tous les instants, depuis tantôt un demi-siècle, le brave M. Bidard répétait à part soi, et aussi comme une menace à l'adresse de ses tourmenteurs : « Jusqu'à présent j'ai été trop endurant, trop tolérant, mais c'est fini ; je promets bien qu'on ne m'y prendra plus. »

Et on l'y prenait toujours, et l'effet de la promesse était toujours renvoyé aux douteuses probabilités de l'avenir.

À quinze ou seize ans, M. Bidard avait embrassé l'enseignement par amour pour les enfants, et, bien qu'ayant de tout temps reconnu que, dans l'intérêt des enfants eux-mêmes, il fallait user avec eux, sinon d'une excessive rigueur, au moins d'une judicieuse fermeté, il n'avait jamais trouvé en lui la force nécessaire à la mise en pratique de la méthode qu'il jugeait sage.

Que voulez-vous ! M. Bidard était ainsi fait, que les larmes ou même la simple mine affligée d'un enfant le bouleversaient, le mettaient hors de lui.

Le moyen avec cela de n'être pas l'éternel souffre-douleur de ces impitoyables créatures, qui ne sont guère traitables par la mansuétude qu'à la condition que ce ne soit, du moins en apparence, qu'un relâche de la sévérité !

Ce que M. Bidard ne se lassait pas de contempler avec une sorte d'extase délicieuse, c'était l'enfance riante, insoucieuse, tout au bonheur de l'heure présente et à la belle espérance de l'heure qui vient ; mais l'enfance triste, éplorée, inquiète, il n'en pouvait supporter la vue ni même l'idée, et bien moins encore quand il se sentait l'auteur de sa tristesse, de ses pleurs, de son inquiétude.

C'est à cette profonde et incurable sensibilité que M. Bidard devait tous les tourments, mais aussi toutes les joies de sa vie ; — car vous pensez bien que sans quelques vives joies, faisant compensation, il n'aurait pas fourni une aussi longue carrière.

Savez-vous, d'ailleurs, ce qui arrivait vingt fois pour une ? Il arrivait qu'au moment où elle le voyait prêt à formuler sa menaçante promesse, — qu'il faisait toujours précéder d'une bienveillante exhortation, — la troupe endiablée paraissait aussitôt s'amender en masse. Et M. Bidard, qui de son purgatoire, pour ne pas dire de son enfer tout hanté d'agaçants démons, se trouvait soudain comme transporté au milieu d'une légion de petits saints, tout confits de docilité, d'attention, d'excellent vouloir, M. Bidard, attendri, répudiait sans hésiter la foi qu'il était sur le point d'accorder au système des rigueurs ; puis, tout fier d'un résultat, hélas ! bien mensonger, il se disait, et même laissait naïvement entendre aux prétendus convertis, que le plus sûr empire était encore celui qui s'établissait par la douceur.

Et, dans un instant d'heureuse illusion, le digne homme oubliait bien des heures de déboire et de mécompte.

En somme, cependant, si déplorables que pussent être pour lui-même les conséquences de sa patience, cette débonnaire façon de procéder avait eu pour effet de gagner sincèrement à M. Bidard autant de cœurs qu'il était entré d'élèves dans sa classe.

Pas un homme dans le pays qui, autrefois écolier chez lui, ne professât pour M. Bidard le plus affectueux respect, et ne le lui témoignât à l'occasion, principalement en montrant une véritable contrition des méfaits jadis commis envers lui.

Pas un enfant encore dans sa classe qui ne se fût, comme on dit, jeté au feu pour le vieux maître.

Un jour, — il m'en souvient —, pendant une promenade que nous étions allés faire avec lui à quelque distance du village, et comme nous nous trouvions au milieu d'un bois, le brave homme fit un faux pas, tomba, et ne se releva que pour reconnaître qu'il ne pourrait aller plus loin. Il venait de se fouler le pied, à tel point qu'il lui suffisait de vouloir s'appuyer légèrement dessus pour ressentir la plus insupportable douleur.

Si vous eussiez vu alors la désolation où cet accident nous jeta tous !... C'étaient des cris, des pleurs : le pauvre M. Bidard ne savait auquel remontrer qu'il n'y avait pas motif à de pareilles lamentations, et que du moment où il aurait pu regagner sa maison il en serait quitte pour rester pendant quelques jours sur son fauteuil.

Encore fallait-il la regagner cette maison, et M. Bidard était hors d'état de faire un pas. On parla de dépêcher l'un de nous à la ferme voisine, ou même au village, pour qu'on vînt avec une charrette.

Mais, tout en attaquant déjà de son couteau une forte branche de chêne : « C'est inutile », cria l'un des grands. Et avant même qu'il se fût expliqué chacun l'avait compris, chacun était en besogne.

Si vous eussiez alors entendu craquer les branchages ; si vous eussiez vu l'industrie, l'activité de tout ce petit monde qui taillait, qui tressait, qui nouait...

Un quart d'heure plus tard, le vieillard était commodément installé sur une sorte de chaise, reposant sur le carré formé par deux croix parallèles dont les huit branches devaient donner place à autant de porteurs ; et ce fut à qui prendrait une de ces places ; et tout le temps du trajet, qui fût long, il n'y eut pas d'exemple qu'un des porteurs eût été relayé sur sa demande.

La sueur coulait, les poitrines haletaient ; mais l'on affirmait qu'on n'était point las. Il fallait de grandes instances pour déposséder l'un des occupants du poste d'honneur.

Comme ils étaient heureux, fiers, ceux qu'exténuait le cher fardeau, et comme ils les enviaient ceux à qui leur âge ou leur faiblesse interdisait de figurer activement dans l'affectueux cortège ! Comme ils tâchaient de se dédommager en se faisant les éclaireurs vigilants et attentifs de la marche, et en s'inquiétant à chaque instant de l'état du vieillard !

Ajoutez que pendant les quelques jours où furent évidentes les souffrances de notre bon M. Bidard, qui ne cessa pas pour cela de faire sa classe, il n'y eut pas à reprocher à un seul d'entre nous la moindre négligence, la moindre insubordination.

C'est vous dire si nous l'aimions sincèrement, vivement.

Peut-être étions-nous souvent sur le point de nous oublier ; mais à chaque mouvement que le brave homme essayait de faire nous voyions sa face se contracter douloureusement, ou bien nous l'entendions pousser quelque soupir plaintif ; et il n'en fallait pas davantage pour nous rappeler impérieusement aux égards, aux attentions, — jusque-là qu'une fois M. Bidard, versant des larmes de joie, nous dit avec toute la simplicité de son tendre cœur :

« Savez-vous ce que je disais au bon Dieu, ce matin, en faisant ma prière ?

— Non, monsieur Bidard. Quoi donc ?

— Qu'il devrait permettre que je fusse toujours malade, puisque cela vous rend si sages et me vaut tant de preuves de votre amitié. »

Mais apparemment le bon Dieu ne voulut pas entendre la requête du vieil instituteur ; il ne tarda pas à lui rendre la santé, avec laquelle reparurent l'indocilité, la distraction, voire même l'irrévérence de ses élèves.

Et M. Bidard, qui ne savait nous infliger des punitions que pour les lever presque aussitôt, dès les premières marques de tristesse, M. Bidard se trouva de nouveau livré sans défense à nos incessantes tracasseries.

Tous les ans, le jour de la Saint-Jean, qui était son patron, il était de tradition dans l'école de souhaiter la fête à M. Bidard, avec toute la solennité que des enfants de village peuvent donner à une manifestation de ce genre.

Les choses, ce jour-là, se passaient, depuis de longues années, dans l'ordre suivant :

Au retour du dîner, chaque élève, portant un bouquet de jardin ou des champs, se rendait sur la place de l'église, où était bâtie la maison d'école, et où l'on se réunissait pour rentrer en corps dans la classe. Après un compliment récité par le plus grand, le plus petit offrait à M. Bidard (qui attendait ordinairement dans sa chaire) une livre de café grillé et un demi-pain de sucre, qu'on avait achetés à frais communs, et dont le pauvre vieillard, habile ménager de ces jouissances, usait de telle sorte, que la modeste provision n'était guère épuisée avant la fin du douzième mois.

Le compliment dit, les fleurs données, le cadeau offert, M. Bidard, qui n'avait jamais les yeux secs en ce moment, embrassait tous ses élèves l'un après l'autre, et la porte de la classe donnant sur le jardin était ouverte pour toute l'après-midi, qui se passait en jeux auxquels le maître prenait part, et en récits qu'il faisait.

Jour fortuné aussi bien pour le maître que pour les élèves, et laissant ordinairement à ceux-ci comme à celui-là maint heureux souvenir qui en prolongeait la franche et cordiale joie.

Or, une année — à quelles épreuves, Dieu bon ! n'avions-nous pas soumis pendant les jours précédents la robuste patience du vénérable instituteur ! je n'ose pas m'en souvenir, — une année, dis-je, tout avait été combiné, préparé, disposé, selon l'usage, pour la célébration de la fête de M. Bidard.

Nous nous réunissons, nous entrons deux par deux, armés de nos bouquets, et gardant, au milieu du bruit tumultueux de nos pas, le silence ému d'une douce appréhension.

Le plus grand s'avance vers la chaire, où est assis M. Bidard, qui fait mine de ne pas nous entendre, absorbé qu'il semble être par quelque travail appliquant sur lequel il est penché.

« Cher et respectable précepteur, dit le doyen de la classe, qui a fait provision d'éloquence rimée dans quelque manuel spécial :

« Le jour de votre fête est pour nous un beau jour,
Puisque pour tous offrir nos souhaits, notre amour…
Nos cœurs… »

— Hein ! quoi ? qu'est-ce que vous dites ? » interrompit tout à coup M. Bidard, qui seulement alors parut s'apercevoir de notre présence, et releva la tête pour nous montrer, de travers, le visage le plus ironiquement rechigné qu'il soit possible de voir : « Ne parlez-vous pas de ma fête ?… En effet, je crois que c'est aujourd'hui. Mais qu'est-ce que cela peut vous faire, à vous ? — Rien, assurément. Puis, qu'est-ce que vous me contez encore ? — Des souhaits ! de l'amour ! qu'est-ce que cela signifie ? Quels vœux peuvent faire pour leur maître des élèves de votre nature ? Que lui souhaiteraient-ils, sinon la continuation des soucis qu'ils lui causent tous les jours ? De l'amour ! Eh ! mon Dieu ! où prenez-vous que vous ayez de l'amour pour moi ? Où en sont les marques ? Est-ce dans votre conduite de ces derniers jours ? Est-ce qu'on chagrine, est-ce qu'on tourmente ceux que l'on aime ? Est-ce qu'on leur désobéit ? Est-ce qu'on leur manque de respect ? Vous qui faites toutes ces vilaines, toutes ces méchantes choses, ne parlez pas, non, ne parlez pas d'amour ! Je vous le défends… Vous alliez aussi mettre en avant vos cœurs. Eh ! ce ne sont que de mauvais cœurs, puisqu'ils ont si peu d'égards pour mon pauvre vieux cœur attristé ! Mais qu'est-ce que je vois donc dans vos mains ? Des fleurs ! Ah ! ce n'est pas pour moi, je suppose ! Ces roses qui signifient beauté, ces marguerites qui signifient jeunesse innocente, voudraient-elles, par hasard, me témoigner que, jeunes et innocents, vous devez me donner de beaux jours ? Ah ! comme je leur crierais : « Taisez-vous, menteuses, taisez-vous ! »

En parlant ainsi, M. Bidard, dont l'expression railleuse était devenue de plus en plus âpre et mordante, avait pris, comme machinalement sous son pupitre, où ils étaient censés le gêner, deux paquets de forme et de volume identiques à ceux que portait le plus petit des élèves, et les avait placés, comme machinalement encore, sur un des rebords latéraux de sa chaire ; — ce qui signifiait clairement qu'en même temps qu'il répudiait la sincérité de nos vœux et refusait nos bouquets, il n'avait que faire non plus des présents d'autre nature que nous comptions lui offrir.

Nous nous entre-regardions interdits, les yeux écarquillés, la bouche béante, les bras ballants, comme des gens devant qui se produit quelque terrifiant prodige.

« Allons, allons ! reprit brusquement M. Bidard d'une voix

sourde, que nous ne lui connaissions pas encore, laissons tout cela. À vos bancs, Messieurs, et travaillons ! »

Malgré ce formel commandement, nous restions tous immobiles, car aucun de nous ne pouvait se résoudre à croire sérieux l'étrange accueil que M. Bidard venait de faire à notre affectueuse démonstration.

Mais M. Bidard ajouta, en frappant deux ou trois coups d'une règle qu'il tenait à la main sur la caisse sonore de son pupitre : « Eh bien ! ne m'a-t-on pas entendu ? »

Il n'y avait plus alors le moindre doute à conserver sur ses dispositions.

L'instant d'après, chaque élève était assis à sa place habituelle, et la classe commençait comme à l'ordinaire.

Mais la blême consternation était sur tous les visages ; mais toutes les poitrines étaient serrées par une froide angoisse. On eût dit de quelque réunion funèbre.

Chacun avait à côté de soi ce bouquet, sur lequel ses yeux tombaient navrés de regrets. Chacun semblait subir éveillé un cruel cauchemar.

Et au-dessus de toutes ces faces tristement ébahies, se montrait, effrayante de pâleur, la face en quelque sorte méconnaissable du vieillard, dont les muscles tendus, raidis par instants, étaient pris d'un frémissement.

Ses regards, qui erraient lentement, avaient une lourde fixité. Il se redressait — mais comme par un pénible effort — beaucoup plus que de coutume. Sa main aussi tremblait, frémissait, car, lorsque la règle qu'il tenait venait à toucher le pupitre, nous l'entendions tressauter. Sa voix était comme un de ces mornes grondements du vent qui soupire pendant les froides nuits.

Nous osions à peine le regarder, et nous prenions peur à l'entendre.

Était-ce qu'il affectât ce jour-là une sévérité plus grande ? Non. — Il nous demandait tour à tour nos leçons, comme il l'eût fait un tout autre jour. Si nous nous trompions en récitant, il nous reprenait sans plus d'impatience, sans plus d'exigence qu'à l'ordinaire.

À ceux qui s'étaient bien acquittés de leur tâche il témoignait doucement sa satisfaction. Il exhortait tranquillement les autres à plus d'application, et il ne punissait personne, personne d'ailleurs ne se mettant dans le cas d'être puni.

Et pourtant, dans cette classe où tout suivait le train coutumier des meilleurs jours, il semblait que l'air ne circulât pas pour la vie commune. On eût dit que maître et élèves fussent autant de froids automates, qui ne se mouvaient, ne s'exprimaient que par un simulacre d'existence réelle. On eût dit enfin que dans tous ces corps le cœur manquât.

Tant de joie qu'on s'était promise n'avait pu être empêchée sans répandre la sombre stupeur là où l'on attendait la radieuse allégresse.

Et la classe continuait ; et le voile d'affliction jeté sur tous les fronts semblait se faire, d'instant en instant, plus épais, plus lourd.

Et l'atmosphère de la salle oppressait de plus en plus les poitrines. Chaque minute qui passait nous était comme un siècle d'anxiété.

Les leçons achevées, le maître nous dit, — mais alors d'une voix qui semblait s'étrangler dans sa gorge, dont elle sortait sèche comme un bruit de feuilles mortes qu'on remue : — « Prenez vos cahiers, je vais dicter. »

Et pendant que nous nous mettions en devoir de lui obéir, il tenait devant lui et parcourait des yeux un papier sur lequel il avait évidemment rédigé le texte de la dictée que nous devions transcrire.

Quand il nous vit prêts : « Écrivez », reprit-il, et il commença de lire à haute voix ce qui était écrit sur le papier. À haute voix ? dis-je ; c'est à voix très basse que je devrais dire, car nous ne l'entendions plus que comme s'il eût chuchoté à l'oreille de quelqu'un. Il commença donc : « Chaque jour on voit des gens qui… » Mais à peine eut-il prononcé ces quelques paroles : « Non ! non ! s'écria-t-il en levant les bras, en laissant échapper le papier qui, tournoyant, tomba au pied de la chaire, non, je ne peux plus ! je ne peux plus ! » Et pleurant, sanglotant, il posa son front sur ses deux mains, en répétant d'une voix que le hoquet des larmes entrecoupait : « Ces pauvres enfants ! ces pauvres enfants ! »

En voyant, en entendant pleurer notre vieux maître, nous nous levâmes tous, comme à un commandement suprême, et tous nous courûmes à lui.

Alors, découvrant son visage mouillé, pour ouvrir ses bras aux premiers qui purent s'y jeter : « Pauvres petits ! chers enfants ! » disait-il en les serrant contre lui, en les embrassant, et en pleurant encore.

« Oh ! j'ai été méchant, bien méchant !... Il ne faut pas m'en vouloir, voyez-vous, je croyais... je pensais... je m'étais dit... Non, tenez, je ne sais pas ! Ah ! si j'avais cru vous faire tant de peine !... Oh ! mais j'ai bien souffert aussi, allez... oui, bien souffert. — Que les méchants doivent souffrir !... »

Puis soudain, comme s'il eût voulu jeter à l'oubli ce récent souvenir : « Voyons, voyons, reprit-il avec le plus heureux entrain, donnez-moi vos bouquets ; dis ton compliment, toi, je t'écoute... C'est un rêve, un vilain rêve, que nous avons fait tous. Éveillons-nous gaiement ! Allons, mes enfants, allons ! souhaitez la fête à votre vieux précepteur. Voyez, le voilà qui rit, qui est content. Criez, soyez content comme lui ! »

Et il riait, et il tâchait de donner le ton le plus délibéré à sa chevrotante voix...

L'instant d'après il n'y avait plus que des visages radieux, et — défense faite par le maître de rien dire qui pût avoir trait au malencontreux incident qui l'avait retardée — la fête reprit et suivit son cours coutumier.

Et tel ayant été le succès de la plus audacieuse entreprise qu'eût jamais tentée M. Bidard pour conquérir un peu de tranquillité, ai-je besoin de vous affirmer que l'idée ne lui vint pas de la renouveler ?

Dans le mouvement qui suivit l'interruption de la dictée, la feuille de papier échappée aux mains de M. Bidard avait été foulée aux pieds. Je la ramassai, et voulus la remettre au vieil instituteur, qui me dit de la déchirer. J'ai la preuve que je n'en fis rien, car dernièrement, en feuilletant quelques-uns de mes premiers cahiers d'école, conservés par ma mère, j'ai retrouvé certaine feuille détachée, sur laquelle j'ai lu ces mots tracés de la main de mon vieil instituteur :

« Chaque jour on voit des gens faire profession d'aimer, et qui sont convaincus que ce sentiment est en eux, parce qu'à de certaines heures ils en auront donné quelque témoignage bien actif, bien évident ; mais, le reste du temps, ils ne feront rien paraître de leur attachement. Ces gens-là aiment-ils ? Peut-être. Mais, en tous cas, ils ne savent pas aimer. Savoir aimer, c'est n'oublier jamais qu'on aime, c'est le montrer, le prouver par tous ses actes, par toutes ses paroles, dans les circonstances les plus ordinaires comme dans les plus graves. Aimer sans savoir aimer, c'est souvent faire le malheur de ceux qu'on aime ; car, s'ils savent aimer, ils seront conduits à douter des sentiments qu'on prétend avoir pour eux. Et douter de ceux qu'on aime est une des plus violentes épreuves du cœur.

« Vous donc qui aimez, et qui voulez éviter de causer le malheur de vos amis, rappelez-vous bien qu'aimer n'est rien, si l'on ne sait pas aimer. »

LA BÊTE AU BON DIEU

Pourquoi les bêtes au bon Dieu sont appelées bêtes au bon Dieu, et pourquoi on les a en vénération.

C'était au temps d'autrefois, alors que les seigneurs avaient pleine autorité sur les pays et sur les paysans.

Un jour, il arriva que le frère du seigneur d'un pays fut trouvé mort, tué, derrière la haie d'un champ.

De cette action le seigneur fut fortement affligé et courroucé ; car il portait grande affection à son frère.

Il ordonna donc que l'on fît soigneuse recherche de l'assassin, se promettant bien de le châtier, s'il était découvert, par quelque supplice terrible.

Le soir même, à l'heure où le seigneur, priant et pleurant, était agenouillé près du corps du défunt, voilà qu'il entendit venir une foule bruyante.

Il se leva.

Dans la chambre entra le chef de ses serviteurs, appelé Croudas, qui lui dit :

« Seigneur, j'ai moi-même découvert l'assassin, et je l'ai fait prendre pour être conduit devant vous. »

Le seigneur, qui eut comme une joie dans sa tristesse, une joie de vengeance, le seigneur dit :

« Qu'on ramène ici même : c'est devant le corps du défunt que je veux juger ce misérable. Si je me laissais aller à la douceur, cette vue me rappellerait la promesse que je me suis faite de mesurer la punition au crime. »

Croudas fit donc un signe au-dehors, et les serviteurs amenèrent devant leur maître un paysan, qui se jeta à genoux en disant :

« Ayez pitié de moi, seigneur, je n'ai point commis de crime. »

Le seigneur demanda à Croudas les preuves qui étaient contre cet homme ; Croudas répondit :

« Voyez, seigneur, ces taches sur ses habits ; c'est du sang, le sang de votre frère.

— Est-ce possible ? fit le seigneur, dont le cœur se souleva à cette vue ; misérable ! dis la cause de ton crime.

— Hélas ! hélas ! repartit le paysan, croyez-m'en bien, seigneur, je n'ai point tué votre frère. J'ai sur mes habits des taches de sang, c'est vrai ; mais je ne sais nullement de quelle manière elles y ont été faites. Ce matin, aux champs, il est arrivé qu'ayant mangé et bu, assis sur l'herbe, non loin de l'endroit où l'on a trouvé le corps du défunt, je me suis tout à coup senti pris d'un lourd sommeil, et j'ai dormi. À mon réveil ces taches étaient sur moi. Les voyant, j'ai d'abord été grandement étonné ; mais ensuite j'ai pensé que, pendant mon sommeil, avait dû passer au-dessus de moi quelque émouchet, portant dans ses ongles un oiseau qui perdait son sang en l'air. Alors, les taches essuyées de mon mieux, je n'y ai plus pris garde. »

Croudas, continuant d'accuser le paysan, dit encore :

« Si vous pouviez, seigneur, recevoir comme vraies de telles paroles, je vous prierais de demander à ce scélérat comment il se fait qu'il eût dans sa maison cette bourse, qui est celle du défunt.

— Oui, je la reconnais, dit le seigneur.

— Et cette chose, seigneur, la reconnaissez-vous aussi ? demanda Croudas en montrant une bague d'or.

— Oui, dit encore le seigneur, c'est l'anneau que mon frère portait au grand doigt de sa main droite.

— Eh bien, seigneur, reprit Croudas, je l'ai trouvé moi-même, avec la bourse, dans un tiroir de meuble chez cet homme ; dira-t-il que les oiseaux l'avaient laissé tomber, ainsi qu'il a fait pour les taches de sang ? »

N'ayant pu expliquer comment ces choses étaient entrées dans sa maison, le pauvre paysan fut jugé coupable, en dépit de tous ses serments d'innocence.

Le seigneur le condamna à être brûlé vif le lendemain, à l'endroit même où le corps du défunt avait été trouvé, et il le fit jeter dans une noire prison, pour attendre l'heure de la mort.

Chacun, dans le pays, s'ébahissait en apprenant que cet homme fût accusé d'une telle action, attendu que jusqu'alors il avait toujours fait paraître le plus doux caractère, et toujours tenu la plus sage conduite.

D'ailleurs, cet homme n'avait en vérité rien à se reprocher, le crime étant l'action de Croudas.

Le défunt, connaissant des acquisitions déshonnêtes de Croudas, l'avait menacé de le dénoncer au seigneur s'il ne faisait pas restitution. Croudas l'avait donc tué ; et voici comment il s'était arrangé pour qu'un autre fût puni à sa place :

Ayant trouvé le paysan qui mangeait assis sur l'herbe, il mit, sans être vu, une chose endormante dans la boisson ou sur le pain, et l'homme s'endormit ; puis Croudas, par un mensonge, amena le frère du seigneur en cet endroit, le tua, et, après l'avoir tué, tacha de sang les habits du dormeur ; puis, ayant pris la bourse et l'anneau du défunt, il fit semblant de les trouver en fouillant dans la maison du paysan.

Comme on le voit, profonde était sa méchanceté.

Maintes gens allèrent se jeter à genoux devant le seigneur pour le supplier au nom du pauvre accusé ; et ces gens-là disaient de lui ce qu'on dit quand on veut exprimer une très grande bonté :

« Nous le connaissons depuis longtemps, et nous savons qu'il n'écraserait pas une mouche.

— Bah ! bah ! répliquait Croudas, qui ne quittait point son maître, sous prétexte de le consoler, il n'en a pas moins tué le défunt, et, si l'on ne fait pas justice de lui, les autres méchants seront autorisés au crime. »

Les gens disaient alors au maître :

« Ah ! seigneur, différez le jour de la mort, les preuves sont maintenant contre cet homme ; mais il s'en pourra trouver un peu plus tard qui feront connaître le véritable assassin. »

Croudas ne voyait pas son compte à cet avis ; aussi disait-il :

« Ah ! seigneur, ces gens savent votre bonté : ils pensent que, le grand deuil passé, vous ferez miséricorde. »

Et le seigneur s'écriait :

« Non ! non ! jamais, l'assassin sera puni. »

Et les gens s'en allaient en répétant entre eux :

« Il ne se peut pas que celui-là ait fait le coup ; car nous savons qu'il n'écraserait point une mouche. »

Au matin, le seigneur, de plus en plus poussé à la colère par les propos de Croudas, ordonna de préparer le supplice, ajoutant qu'il y voulait assister pour se donner le plaisir de voir périr douloureusement le scélérat qui était cause de sa vive peine.

Croudas fit donc lui-même porter un nombre de fagots à l'endroit où l'assassin devait être brûlé, et dresser aussi tout proche, avec des branchages, un trône pour son maître.

Puis il envoya avertir le seigneur ; et le seigneur vint s'asseoir sur le trône ; puis l'on amena le paysan, suivi d'une foule de gens qui se lamentaient sur cette mort injuste.

Le paysan leur disait :

« Ne pleurez pas ; puisqu'il faut que je sois tué pour une action que je n'ai point à me reprocher, je vais mourir en pardonnant à ceux qui ont refusé de m'être miséricordieux. »

Croudas dit aux serviteurs :

« Liez-le sur le bois, et mettez le feu. »

Le seigneur regardait toutes choses avec une profonde attention, et gardait sa bouche muette.

Ses yeux allaient du paysan à Croudas, et de Croudas aux serviteurs, qui se tenaient auprès des fagots pour les allumer.

Et comme les serviteurs tardaient un peu d'obéir, Croudas leur cria :

« Allons ! allons ! dépêchez-vous ! »

Il avait hâte que le paysan fût mort.

Le pauvre homme dit à ceux qui allaient le lier :

« Oh ! laissez-moi faire une dernière oraison ! »

Croudas cria encore :

« Non ! liez-le ! »

Mais le seigneur, entendant les paroles de Croudas, après avoir entendu celles du paysan, le seigneur leva la main pour commander aux serviteurs de donner au paysan la temps dont il avait besoin ; et il vit Croudas faire un signe d'impatience.

Le paysan donc, tenant ses yeux tristement baissés, se plia pour s'agenouiller sur une pierre non éloignée du seigneur. Mais voilà qu'apercevant sur cette pierre une petite bête rouge, tout justement posée à l'endroit où il allait mettre ses genoux, il l'écarta doucement, naturellement, de la main, pour éviter de l'écraser en s'agenouillant. Et le seigneur vit la chose.

Puis le paysan, s'étant agenouillé, commença de prier.

Et pendant que le paysan priait, le seigneur continua de regarder.

Le seigneur vit la petite bête ouvrir soudainement ses ailes de vive couleur, et aller se poser sur la main gauche de Croudas.

Tandis que le paysan achevait sa prière, le seigneur regarda encore ; et il vit Croudas, — comme par manière de passe-temps, comme par contrariété d'attendre trop une chose fortement désirée —, mettre un doigt de sa main droite sur la bête, et appuyer, et faire de la mignonne et jolie innocente un peu de poussière rouge dont sa main gauche fut tachée.

Et, comme en ce moment le paysan se relevait, ayant fini de prier, et que les serviteurs allaient le saisir, le seigneur descendit tout à coup de son trône, et cria :

« Laissez cet homme ; ne le faites pas mourir ; il n'est pas l'assassin de mon frère ; c'est impossible ! »

Tout en parlant ainsi, le seigneur ne perdait pas de vue le visage de Croudas ; et il le vit blême.

Cependant Croudas s'approcha de son maître, et lui dit :

« Mais, seigneur, les preuves sont là ; et si vous ne les trouvez pas suffisantes pour faire condamner cet homme, qui donc accuserez-vous ? »

Le seigneur répliqua :

« Qui j'accuserai ? ce sera peut-être vous, Croudas ! »

Aussitôt Croudas, qui ne s'attendait pas à cette réplique, se prit à trembler en disant :

« Moi, seigneur ! moi, seigneur !… »

Le seigneur dit encore, en saisissant la main de Croudas :

« Oui, vous, car la tache de sang est maintenant sur vous ; voyez ! Oui, vous, car au moment où vous deviez être plein d'horreur pour le crime, vous avez tué à plaisir la pauvre petite créature qui s'était placée sans méfiance sur votre main, et que le paysan, injustement condamné, avait charitablement respectée au moment de mourir. »

Alors Croudas ne put faire entendre que des paroles entrecoupées.

Le seigneur comprit donc qu'il était vraiment coupable ; il le fit prendre et lier par les serviteurs, et lui dit :

« Déclare ton crime ! »

Et Croudas déclara son crime, dans l'espoir que, disant toute la vérité, il lui serait fait grâce de la vie.

Il supplia le seigneur ; mais le seigneur ne voulut rien entendre.

D'ailleurs personne ne se présenta pour obtenir son pardon, car il n'avait l'amour d'aucun d'eux.

Croudas ayant donc été brûlé au lieu du paysan, le paysan fut mis à la tête des serviteurs, et toujours se garda aussi fidèle envers son maître que bon envers tous.

Or il arriva que chacun dans le pays fut d'accord pour penser que le bon Dieu avait envoyé lui-même la petite bête rouge comme devant être conseillère de justice au seigneur.

Et depuis, chacun de ceux qui en voyaient une pareille prenait attention à ne point lui faire de mal, disant : « C'est la bête au bon Dieu ; elle a peut-être mission de salut pour quelque innocent, et, si je l'écrasais, on me croirait assassin, car j'aurais la tache de sang sur moi. »

Et l'histoire, s'étant redite de paysan à paysan, passa de pays en pays, et se répandit partout.

Et voilà comment il advint qu'on appela bêtes au bon Dieu les bêtes au bon Dieu, et la cause qui fait qu'on les a en vénération.

LA PIERRE QUI TOURNE

(conte de mon village)

La Pierre qui tourne : il y a chez nous une pierre de ce nom. Tout petit j'en ai entendu conter ainsi l'histoire.

I

C'était en décembre. Il faisait nuit depuis une heure. Dans la petite maison rustique, bien humble, mais bien proprette, allait, venait Jeanne, la jeune et douce ménagère de Jacques, le vaillant scieur de planches, qui était allé travailler loin dans la forêt ce jour-là : ce qui retardait son retour.

L'âtre flambait. À la pointe des flammes rouges, une marmite, qui bouillait, faisait rouler des nuages gris d'odeur appétissante. La bonne soupe était taillée dans deux écuelles posées sur la huche luisante. À côté la miche de pain bis et le pot de piquette. Tout en préparant le simple repas, Jeanne s'arrêtait parfois, comme pour adorer, aux chauds et gais reflets du foyer qui dansaient à travers les meubles et sur les murs, un frais poupon endormi dans son berceau d'osier blanc. Elle regardait, se penchait pour mieux voir. Elle avait des sourires d'amour dans les yeux, des impatiences de baisers retenus sur les lèvres. Il était si beau, si mignon ! il ressemblait tant à son brave Jacques, le petit André ! Doucement, paisiblement passait l'heure dans l'humble maison.

La porte s'ouvre, presque sans bruit : façon de larron qui s'introduit. C'est la mère Brigitte, une sorte de vieille guenilleuse, béquilleuse, toute contrefaite, toute racornie. Elle va mendiant de logis en logis. On lui donne, moins par compassion que par crainte des sorts que, dit-on, elle pourrait jeter, car on la suppose un peu sorcière.

En la voyant : « Tiens, c'est vous, Brigitte ! » Et Jeanne, pour la congédier au plus vite, taille et lui tend une large tranche de pain bis.

Il semblerait que, grassement aumônée, la vieille dût aussitôt déguerpir. Point. Plantée de travers à côté du berceau, tordue contre sa béquille, voilà que, d'une voix de feuilles mortes que remue la bise, elle dit, elle jase, elle raconte. Et voilà que Jeanne, qui d'abord lui prêtait à peine l'oreille, finit par l'écouter avec une grande et rêveuse attention. Enfin la vieille s'en va.

Peu après rentre Jacques, tout gaillard, tout affamé : gros baiser aux joues de Jeanne, et aussi, ma foi ! au front du petit André, qui ne s'en réveille point. On s'attable.

« Mais qu'est-ce donc, Jeanne ? Tu ne manges ni ne parles. As-tu mal ?

— Non.

— Ennui ?

— Pas davantage.

— Qu'est-ce enfin ? tu n'es pas ainsi d'ordinaire.

— Dis, Jacques, tu connais bien, à mi-versant du mont des Coudres, cette grosse roche si large, si haute, qui avance…

— Si je la connais, certes ! Enfant j'y ai assez grimpé. Nous l'appelions la pierre barbue, à cause des longues herbes qui pendent tout autour.

— Eh bien, ce n'est pas ainsi qu'il la fallait appeler.

— Comment alors ?

— La Pierre qui tourne.

— Elle tourne donc ?

— Oui, Jacques, elle tourne, et toute seule même, sans qu'on la touche.

— Ah ! je voudrais bien voir ça !

— Tu le verrais, Jacques, si tu étais devant la pierre au premier coup de minuit, le soir du jeudi saint. Et tu verrais bien autre chose encore.

— Quoi donc ?

— Au premier coup de minuit tu verrais la pierre, en tournant, découvrir l'entrée d'une caverne, illuminée par un trésor tout fait de louis d'or luisants comme le soleil. Caché là depuis des cent et des cent ans, c'est le trésor des fées, qui en achetaient les âmes avant que Notre-Seigneur les eût contraintes à ne plus faire ce damné trafic. Libre à toi d'entrer et de prendre des louis tant que tu voudrais, ou plutôt tant que tu pourrais ; car il faudrait te hâter, la caverne ne restant ouverte que le temps des douze coups. Au douzième, nouveau tournement de la pierre, et…

— Et, acheva Jacques en riant, celui qui serait entré et ne se presserait pas de sortir, resterait pris comme rat en ratière. Pardieu ! ce serait bien fait !

— Bien fait ? Pourquoi donc, Jacques ?

— Parce que trésor mal acquis ne doit point profiter.

— Des louis d'or sont toujours des louis d'or, Jacques. Suppose que tu ailles à la roche, que tu entres, que tu prennes ta charge de pièces jaunes… C'est long à sonner, douze coups. Tu aurais bien le temps de ressortir avant le douzième ; et alors, Jacques, alors nous serions riches.

— Riches de l'or des fées et du diable ! non ! Que nous gardions la santé et le courage, et chez nous entrera l'argent du travail, qui est l'argent du bon Dieu. Fi des autres trésors !

— Oui, fit Jeanne, nous pouvons ainsi penser pour ce qui est de nous. Mais pour l'enfant qui est là… Si au lieu de notre pauvreté il avait la richesse ?

— Tu sais le dicton, femme : la richesse ne fait pas toujours le bonheur.

— Pas toujours, mais souvent, repartit Jeanne.

— Allons, allons ! fit Jacques, je ne sais qui t'a mis cette idée en tête, mais tout ça n'est que fadaises et mensonges. La grosse roche ne tourne point ; il n'y a derrière ni caverne ni trésor. C'est pourquoi songe à autre chose. C'est dit, n'est-ce pas, Jeanne ? tu n'en parleras plus.

— Je n'en parlerai plus. »

II

Elle n'en parla plus, en effet ; mais elle y songeait toujours, non pas pour elle, mais pour l'enfant. Riche, son petit André ! Cette pensée ne quittait plus son esprit, ne laissait plus de repos à son cœur. Il en fut ainsi pendant quatre à cinq longs mois, durant lesquels, maintes fois, sans en rien dire à Jacques, à personne, elle alla de jour à la grosse roche du mont des Coudres, afin d'en connaître bien le chemin quand elle irait de nuit.

Un soir, fatigué comme à l'ordinaire par le rude labeur de la journée, Jacques avait gagné sa couche presque aussitôt après le repas ; et, comme à l'ordinaire, il s'était endormi du plus lourd sommeil. Vers le milieu de la nuit, cependant, se réveillant à demi, il s'aperçoit que Jeanne n'est pas auprès de lui. Sans doute, pense-t-il, elle assiste l'enfant. Il appelle. Point de réponse. Nul bruit. Il allume la lampe. Quoi ! l'enfant n'est pas dans son berceau ! Qu'est-il arrivé ? Où est-elle ? Il se lève, met ses habits. Quoi ! la porte est entre-baillée. Jeanne est sortie, emportant l'enfant. Il appelle au-dehors : même silence. Où la chercher ? À qui l'aller demander quand tout dort ? L'horloge sonne deux heures. Rien encore… Deux heures et demie. Il n'y tient plus. Il va courir devant lui, la cherchant. Il la trouvera bien !… mais alors il croit distinguer un pas lent, traînant, qui vient par le chemin couvert d'ombre.

Il attend. Le pas approche. Jacques va prendre la lampe, et, du seuil où il se tient : « Est-ce toi, Jeanne ? » Pas de réponse. C'est elle cependant, mais dans quel état ! La face blême, déchirée, meurtrie, les cheveux défaits. Tenant à deux mains, relevé devant elle, son tablier, qui parait lourd, elle marche en trébuchant. Jacques recule pour qu'elle entre. Mais Jeanne, tombant à genoux sur la pierre du seuil : « Tue-moi, Jacques ; tue-moi, je viens de perdre notre enfant.

— Perdre notre enfant ! répète Jacques ; que dis-tu ?

— Oui, j'ai voulu l'enrichir, et je l'ai perdu.

— Qu'est-ce qu'elle dit donc ? fait Jacques ; elle est folle, mon Dieu !

— Écoute. Je m'étais dit : La nuit du jeudi saint — la nuit d'aujourd'hui — j'irai là-haut, à la pierre qui tourne, chercher la richesse pour l'enfant. Tu dormais. Je me suis levée doucement, j'allais sortir seule, quand l'enfant s'est mis à pleurer. Pour l'empêcher de te réveiller, car tu m'aurais retenue, je l'ai pris, je lui ai donné le sein, et je suis partie. Au premier coup de minuit, la pierre a tourné. Alors j'ai vu, dans la caverne toute brillante, les tas de louis d'or. Je suis entrée. Pour remplir mon tablier, l'enfant me gênait. Je l'ai posé sur un tas d'or. Il me souriait pendant que, vite, vite, je prenais pour lui la richesse. Me relevant, j'ai voulu porter au-dehors ce que j'avais ramassé. Les coups sonnaient encore. Je courais, je courais… Hélas ! je n'ai pas assez couru ! En me retournant pour aller reprendre l'enfant, j'ai vu la pierre qui se replaçait ; le douzième coup avait sonné, la caverne s'était refermée…

— Refermée sur l'enfant ! fit Jacques les poings levés ; oh ! malheureuse femme ! »

Alors la pauvre Jeanne, toujours agenouillée : « J'ai appelé, j'ai supplié, j'ai frappé la roche de mes mains, de mon front : rien n'a fait. Je ne mens point, ajouta-t-elle, comme si elle eût rendu l'âme ; regarde, voilà l'or que j'avais pris. » Et, Jeanne lâchant les coins de son tablier, des flots de louis couvrirent le plancher.

« L'or ! cria le mari, c'est de l'or que tu m'apportes ! Ah ! oui, je comprends ; tu as pensé que peut-être en voyant cette richesse j'aurais moins de regret, moins de colère. Non ! non ! au contraire.

L'enfant ! rends-moi l'enfant ! » Et, prenant au coin de la cheminée le gros balai de bouleau : « Ramasse qui voudra l'or de Satan ! » dit encore Jacques, qui, balayant, balayant, fit voler au-dehors jusqu'à la dernière pièce. Puis, repoussant du pied la malheureuse, qui était étendue sur le seuil, comme morte : « Reçoive qui voudra la maudite qui a perdu mon enfant ! Je ne la recevrai, moi, que quand elle rapportera l'enfant. »

Et rudement il referma la porte sur elle.

III

Au lever du jour, cependant, comme il avait pleuré tout le reste de la nuit, et comme dans les pleurs il avait retrouvé la raison, que d'abord la vive douleur lui avait fait perdre : J'ai été trop dur, se dit-il : en vérité, c'est par amour pour l'enfant qu'elle a causé ce malheur.

Alors il ouvrit, pour savoir ce qu'elle était devenue. Il ne la trouva ni sur le seuil, ni dans le village, ni aux environs. Nul ne savait rien. Nul ne l'avait vue passer. Longtemps, des jours, des semaines, des mois, il chercha. Point de Jeanne. Elle se sera jetée dans la rivière, pensa-t-il.

Et il prit le deuil de la mère avec celui de l'enfant.

Quand les gens du pays surent ce qui s'était passé, combien se promirent d'aller, la prochaine nuit du jeudi saint, chercher la richesse au mont des Coudres !

Jacques, lui, résolut de passer en oraison cette même nuit où il avait perdu tout ce qu'il aimait. Dès le soir donc, agenouillé devant le berceau vide, baisant une petite croix d'argent que Jeanne avait coutume de porter, il s'était mis en prière.

Or, pendant que seul il priait ainsi, vers minuit, au versant du mont des Coudres montait toute une foule bruyante : hommes et femmes, jeunes et vieux, portant des sacs, des paniers, des seaux, qu'ils s'apprêtaient à remplir au trésor de la caverne.

Pour tous quelle surprise de trouver là, venue avant eux, Jeanne, que tous avaient crue morte !

« Tu n'es donc pas morte, Jeanne ?

— Non, mais mon heure est proche.

— D'où viens-tu donc ?

— Maudite par Jacques, maudite par moi-même, je m'en étais allée au loin, pour n'être pas retrouvée. J'ai passé là-bas toute une année, pleurant, priant, disant dans mes prières : "Seigneur, ayez mon âme ; mais permettez que mon corps soit avec le corps de mon enfant !" Et je suis revenue ici, en cette même nuit où le malheur m'est arrivé. Au premier coup de minuit, quand la caverne s'ouvrira, j'entrerai, et je laisserai sonner les douze coups sans sortir. Ainsi j'aurai la même fin que l'enfant. Par ma mort je serai punie de sa mort. Que le Seigneur ait mon âme ! »

Comme elle achevait de parler, le premier coup sonna : la caverne s'ouvrit, brillante et pleine d'or. Tous ceux qui étaient là s'élancèrent. Mais seule Jeanne put entrer ; car devant la pierre un bel ange blanc avait paru, qui, étendant une verge de feu, barrait aux autres le chemin.

Jeanne donc est entrée. Tranquillement joyeuse de la mort qu'elle va chercher, elle a répété en entrant : « Que le Seigneur ait mon âme ! » Mais tout à coup qu'aperçoit-elle ?…

Sur le même tas d'or où elle l'avait posé, l'enfant qui, rose, frais, souriant, tend vers elle ses petits bras.

Dieu sait si alors elle songe encore à mourir ! Dieu sait avec quelle hâte elle reprend et emporte son trésor d'amour ! Dieu sait comme elle est loin déjà sur le versant du mont des Coudres, quand, au douzième coup, la caverne se referme !

Et pendant qu'elle s'éloigne, l'ange dit à la foule ébahie, déçue : « Toutes ces choses n'étaient qu'une épreuve que le Seigneur avait permise. Plus rien ne se fera de ce qui vient de se faire. » Puis l'ange disparaît…

Jacques, toujours en prière, entend que l'on frappe de grands coups à la porte, il entend que l'on crie : « Ouvre, Jacques, ouvre ! je rapporte l'enfant ! » Il a reconnu la voix de Jeanne, il court, il les voit… Comment dire la joie et les douces larmes !… Avec la vraie richesse, le vrai bonheur rentrait dans la pauvre petite maison…

Depuis, la grosse roche du mont des Coudres a toujours été appelée la Pierre qui tourne, mais plus jamais elle n'a tourné.

LE GENTILHOMME VERRIER

Au temps jadis, et dans le fond d'une province de France, vivait une famille de noble origine, composée de la mère, qui était veuve, de deux fils et d'une jeune fille.

Or l'aîné des deux fils, à qui la mort du père avait donné le titre de chef de famille, n'était rien moins qu'une sorte d'écervelé ; aussi imprévoyant qu'avide de plaisirs, il sut en peu de temps réduire à néant, non seulement la fortune paternelle qui, selon l'ancienne coutume, lui revenait presque entière, mais encore le douaire que la faible et bonne mère n'hésita pas à sacrifier pour payer les dettes follement contractées par ce mauvais garnement.

Quand il eut insoucieusement réduit à la misère cette famille dont il aurait dû être le digne soutien, notre prodigue, effrayé à l'aspect de la misère, ne vit rien de mieux que de disparaître un beau matin sans dire où il allait.

Le voilà parti. On n'entend plus parler de lui. Il a sans doute trouvé asile et subsistance. Mais que feront les autres, ceux qu'il a laissés sans ressources ?

Le fils cadet a quinze ans ; la sœur en a treize ; la mère est encore valide : ils travailleront, direz-vous. Mais vous oubliez, ou peut-être vous ne savez pas qu'en ce temps-là le travail était chose considérée comme déshonorante pour les gens de sang noble. Tout gentilhomme qui prenait des terres en louage, qui ouvrait boutique, ou qui mettait, moyennant salaire, le pied dans un atelier, devenait, aux yeux du monde où il était né, une sorte de créature dégradée, abjecte, un roturier enfin, et c'était tout dire.

Le gentilhomme pouvait être militaire, magistrat ou prêtre.

Mais, même pour vivre, il lui était interdit de travailler de ses mains. Et, Dieu le sait, la force du préjugé était alors si grande, que les exemples de dérogeance étaient extrêmement rares.

Sans doute, si notre jeune cadet n'avait dû penser qu'à lui, il se fût aisément tiré d'affaire : car il lui eût suffi de rejoindre la première compagnie d'hommes d'armes, où son nom l'eût fait bien recevoir. Mais force lui eût été de quitter sa mère et sa sœur, auxquelles alors il n'aurait aucunement pu venir en aide. Il n'osa pas y songer.

Or il se trouvait qu'une exception, une seule, était faite à la loi générale : une ordonnance royale, inspirée, soit par une juste appréciation des services marquants que rendait cette meurtrière industrie, soit par le désir d'ouvrir un moyen particulier d'existence aux nobles sans fortune, une ordonnance royale avait décidé que la pratique de l'état de verrier, loin d'entraîner la déchéance des titres de noblesse, ne ferait, en quelque sorte, que les consacrer. Les gentilshommes verriers sont d'ailleurs célèbres dans l'histoire.

Notre pauvre fils de famille emmène donc sa mère et sa sœur dans un pays où était une verrerie, se présente, est agréé comme simple apprenti d'abord, et le peu qu'il gagne permet d'attendre sans trop de privations l'époque où il aura le titre et le salaire d'ouvrier. Cette époque venue, il est cité comme un des plus habiles, des plus courageux travailleurs de l'atelier ; et la petite famille retrouve une heureuse et paisible aisance.

Mais le métier est rude ; et le brave garçon qui l'avait choisi pour l'amour de sa mère et de sa sœur n'était pas d'une nature fort robuste.

Du jour où il dut chaque matin prendre place, pendant plusieurs heures, devant la bouche ardente du fourneau, au lieu de n'y venir que pour suppléer d'aventure l'ouvrier auquel on l'avait donné pour aide, sa santé s'altéra. Et la mère s'en apercevant :

« Cette profession te tuera, disait-elle alarmée ; il faut la quitter.

— Mais alors comment vivrons-nous ? répliquait le brave enfant.

— À la garde de Dieu ! soupirait la mère.

— Eh bien ! nous verrons, mère ; nous verrons. »

Et toujours le gentilhomme verrier retournait à ce fourneau, qui lui brûlait le sang, qui lui desséchait les poumons.

Mais un matin il lui fut impossible de descendre du lit, où il s'était couché, exténué, la veille ; et le médecin qui lui donna des soins pendant les deux mois que dura sa grave maladie, déclara que, s'il retournait à la verrerie, une rechute prochaine l'emporterait inévitablement.

« C'est bien ! fit alors le jeune homme ; je n'y retournerai pas. »

La mère l'embrassa pour cette bonne résolution. Et toutefois elle pouvait se dire : « Comment vivrons-nous ? »

Le jour même où il remit pour la première fois le pied dehors, sa mère, qui le regardait de la fenêtre, le vit entrer dans une maison voisine, qui était celle d'un tisserand. Puis il revint auprès de sa mère, et lui dit : « Je ne peux plus être verrier, je serai tisserand. »

Et la mère de s'écrier : « Ô mon enfant, y penses-tu ? » Car elle n'avait pas encore secoué les préjugés de sa caste.

« Il faut vivre, mère.

— Mais, mon fils !...

— Ce sera déroger, je le sais ; mais j'ai appris à une rude école que tout travail doit être également noble, qui fait qu'on ne doit qu'à soi le pain de chaque jour. Le titre d'honorable artisan vaut bien, après tout, celui de noble mendiant. »

Sa mère l'embrassa de nouveau, les yeux mouillés.

Et le jeune homme devint bientôt un habile faiseur de toile, comme il était devenu un excellent souffleur de verre ; et sa famille fut encore préservée de la misère.

Il perdit, en effet, sa qualité nobiliaire ; car ses compagnons, les gentilshommes verriers, furent les premiers à constater et à dénoncer l'acte de dérogeance qu'il avait commis. Mais il les laissa dire et faire ; et, tout en poussant sa navette, il ne tarda pas à acquérir dans le pays aisance et considération. Devenu roturier, il maria sa sœur avec un honnête roturier, qui la rendit heureuse. Puis il épousa, lui aussi, une honnête roturière ; et il trouvait le bonheur à voir croître et prospérer, sous les yeux de leur grand'mère, qui coulait près de lui une tranquille vieillesse, toute une fraîche nichée de marmots tapageurs.

On n'avait plus jamais entendu parler du fils aîné. On le croyait mort. La mère l'avait pleuré.

Voilà qu'un jour, un beau jour d'été, la femme du tisserand venait de poser, sur la nappe blanche d'une table dressée à niveau de la fenêtre ouverte, un vaste plat de terre, où un magnifique carré de mouton fumait sur un lit de choux odorants.

En ce moment se trouvait de passage dans la rue certain soudard à la casaque fripée, au feutre gras, au plumet décoloré, aux bottes quelque peu avachies, dont le talon oblique se hérissait de longs éperons rouillés. (Il est bon de vous dire qu'à l'époque où cette histoire se passait, les armées n'avaient aucun caractère régulier. Lorsque la guerre pour laquelle on les avait rassemblés était finie, les soldats sans ouvrage devenaient le plus souvent des espèces de vagabonds, demandant à l'aventure le vivre, le gîte… et le reste.)

Or l'homme d'épée, lorgnant l'appétissante victuaille :

« Corbleu ! fit-il comme se parlant à lui-même, mais de façon à être bien entendu, si les morts ne se réveillent pas à ce parfum, c'est qu'ils ont le sommeil terriblement dur.

— Eh ! seigneur cavalier, repartit franchement la femme avec un bon sourire, — car elle avait compris, et elle était d'humeur généreuse —, nous n'aurions que faire des morts à notre table, mais elle est assez grande pour qu'un vivant de plus y puisse tenir sans nous gêner.

— Bien dit, ma commère ! fit le militaire en s'approchant sensiblement de la fenêtre ; mais le vivant pourrait craindre de paraître indiscret.

— Il aurait tort. Entrez donc, seigneur cavalier, entrez donc. »

Ce dialogue avait lieu avec accompagnement du clic-clac du métier qui bruissait dans la maison. Comme l'affamé, tout en se dirigeant vers le seuil, semblait encore hésiter, sans doute pour se donner une contenance : « Eh ! Jean ! appela la femme, viens donc ici m'aider à faire comprendre au seigneur militaire que nous serons aises de l'avoir pour convive. »

Le tisserand vint, sa navette à la main, les manches retroussées, le buste ceint du tablier de travail. Mais à peine eut-il jeté un coup d'œil sur l'étranger : « Eh ! s'écria-t-il, avec un véritable transport de joie, c'est Hector ! c'est mon frère ! Venez vite, mère, hâtez-vous ! c'est lui, il n'est pas mort ! le voilà ! »

Et, les bras tendus, il courut vers la porte pour être plus tôt dans les bras de son frère.

Mais quelle fut sa surprise de trouver devant lui le soldat qui, se redressant fièrement dans son harnois déguenillé, lui dit du ton le plus ironiquement dédaigneux : « Moi, votre frère ! moi, le frère d'un tisserand, d'un roturier ! Ah ! bonhomme, vous voulez rire ! Je ne vous connais pas. Il se peut qu'autrefois vous ayez porté le même nom que moi ; mais ce nom, qu'en avez-vous fait ?… »

Certes, le tisserand était homme à savoir répondre ; mais, comme un saisissement fort explicable le rendait muet, une voix parla au lieu de la sienne : celle de sa mère, qui était venue sur le seuil.

« Vous avez raison, seigneur cavalier, dit-elle. Jean le tisserand s'est trompé quand il a cru reconnaître en vous un frère qu'il n'a pas vu depuis longtemps. Je vous en demande pardon ; car, en vérité, il ne saurait y avoir rien d'honorable pour vous à être celui qu'il a nommé. Celui-là, voyez-vous, était un mauvais cœur, un égoïste, qui, après avoir honteusement dissipé le riche patrimoine dont il devait compte à sa famille, n'a plus songé, la ruine venue, qu'à se mettre lui seul à l'abri du besoin. Quand, pour le bonheur des siens, il a été parti, son frère s'est dit qu'un nom aussi indignement porté ne pouvait plus convenir à un honnête homme : et il l'a quitté pour en prendre un qu'il a su faire noble et garder sans tache. Jean le tisserand s'est trompé ; excusez-le, excusez-nous, seigneur cavalier. Celui pour qui il vous a pris est mort, bien mort : nous le savons maintenant. Suivez tranquillement votre chemin, monsieur le gentilhomme : c'est ici une pauvre maison roturière, où personne ne vous connaît. »

Et comme si rien d'étrange ne se fût passé, la mère referma la porte en ajoutant : « Laissons cet homme. » Puis elle alla s'asseoir à sa place accoutumée devant la table, et elle dit : « Mangeons. »

Mais, au lieu de venir auprès d'elle, le tisserand, qui avait écouté, et qui n'avait pas entendu l'homme s'éloigner, alla doucement rouvrir la porte. Le militaire était agenouillé, tête nue, sur le seuil ; deux ruisseaux de larmes inondaient ses joues hâves.

« Jean, dit-il humblement, veux-tu m'apprendre ton état ?

— Ah ! s'écria la mère, j'ai retrouvé mon fils ! »

Et elle courut relever l'homme qui pleurait…

L'année d'ensuite, il y avait dans le pays un habile et laborieux tisserand de plus. Et si, d'aventure, il arrivait qu'on lui demandât s'il regrettait d'avoir fini par le travail :

« Plût à Dieu, répondait-il, que j'eusse commencé par là ! »

UNE MOUCHE NOIRE

C'était un dimanche d'été, l'après-midi, à la campagne. Il y avait nombreuse société causant sous les marronniers.

Une dame, assise à côté de moi, se levant tout à coup d'un air effrayé :

« Voyez donc, me dit-elle, cette grosse vilaine mouche noire qui ne fait qu'aller et venir autour de moi ; elle veut me piquer ! Chassez-la, je vous prie.

— Rassurez-vous, Madame, dit un vieux monsieur qui avait regardé l'insecte de près, ce n'est pas à vous qu'en veut la brave petite bête.

— Brave petite bête ! répéta la dame, tout étonnée de cette qualification sympathique.

— Eh ! oui, fit le vieux monsieur ; car j'ai l'honneur de vous présenter, en la personne de cette « vilaine petite mouche noire », une excellente, une laborieuse mère de famille essentiellement occupée de rétablissement d'un de ses enfants. Reculez un peu votre chaise, asseyez-vous et observez. Je crois que vous ne regretterez pas le temps consacré à cette observation.

— Il n'y a rien à craindre, au moins ?

— Rien du tout, je vous jure. »

Sur ces mots, la mouche noire devint l'objet de l'attention simultanée de huit ou dix couples d'yeux qui ne perdaient pas un seul de ses mouvements.

Et voici ce que virent ces yeux :

La mouche, un insecte au corselet noir velu, portant quatre ailes de gaze sombre réticulée, et un long abdomen en poire taché de roux, la mouche, mordant à même dans un petit tertre sablonneux, prenait avec ses mandibules une petite boulette de terre, dont elle allait se débarrasser à quelque distance, puis elle revenait à la charge, et de nouveau transportait au loin les matériaux arrachés du sol à l'aide de ses mâchoires.

Il était évident que l'animal avait pour but le creusement d'un petit souterrain… Et Dieu sait avec quelle fiévreuse activité l'opération était conduite !

Voyage sur voyage : en moins de dix minutes, le petit tunnel était assez avancé pour que l'ouvrière s'y pût enfoncer d'au moins deux fois la longueur de son corps, qui cependant ne devait pas mesurer moins de trois centimètres. Arrivée à ce point du travail, elle entra et ressortit deux ou trois fois sans rien rapporter : on eût dit alors qu'elle essayait si la circulation était commode à l'intérieur du souterrain. Puis elle chercha dans le sable des environs un petit caillou de la grosseur d'une graine de chènevis, qu'elle prit et vint placer à l'entrée, puis un second, un troisième… et ainsi de suite, jusqu'à ce que le trou fût complètement dissimulé sous cet entassement rocailleux.

Cela fait, elle prit son vol et disparut.

« Voilà qui est achevé sans doute, dit un des spectateurs.

— Oh ! non pas, fit le vieux monsieur ; attendez… »

Nous n'attendîmes pas longtemps.

La grosse mouche revint, moitié volant, moitié marchant, portant ou plutôt traînant une chenille verte, qu'elle déposa à quelques centimètres de l'entrée close.

Le vieux monsieur nous fit remarquer que cette chenille, quoique fraîche et dodue, ce qui indiquait qu'elle devait être bien vivante, semblait engourdie, car elle gisait étendue là comme un bloc inerte. « Elle est, nous dit-il, dans un état analogue à celui d'une personne éthérisée : vie parfaite, mais complète insensibilité. »

Il la toucha, la piqua du bout d'un brin de paille, sans que le moindre frémissement se manifestât dans la masse charnue de la malheureuse larve.

« La cause de ce singulier effet ? demanda l'un de nous.

— La mouche l'a piquée, et, soit qu'elle ait su trouver pour la blesser un nerf dont la lésion produit l'insensibilité de tout l'organisme, soit qu'elle ait fait couler dans la plaie une gouttelette de liqueur stupéfiante, cette chenille est littéralement en léthargie.

— Mais dans quel but ?

— Patience, regardez. »

La mouche noire était tout occupée à tirer de côté, un à un, les petits blocs de pierre dont, un instant auparavant, elle avait fermé l'orifice de la galerie creusée par elle. La travailleuse, ne s'octroyant aucun répit, eut bientôt fait place nette. Puis elle revint vers la chenille, qu'elle saisit par la tête et qu'elle eut bientôt entraînée dans le souterrain, où elle disparut avec elle.

Pendant que nous attendions sa sortie :

« Tout ce que vous avez vu faire, nous dit le vieux monsieur, a été fait en vue d'un seul œuf, que la mouche pond et fixe en ce moment sur le corps de la chenille.

« Le ver qui, dans quelques jours, naîtra de cet œuf, animal carnassier par excellence, aura besoin d'une proie vivante. Cette proie, il la trouvera dans le corps de la chenille immobilisée par la piqûre de sa mère. Il s'en nourrira pendant la première période de sa vie. À la suite d'une métamorphose, il quittera l'obscur séjour pour la vie aérienne. À cette époque-là, la mère mouche sera morte depuis longtemps. De telle sorte qu'elle aura travaillé avec l'unique visée de venir en aide aux premiers besoins d'un enfant qu'elle ne doit pas connaître et qui ne la connaîtra pas. Savez-vous rien de plus touchant parmi les hommes, qui prétendent volontiers au privilège exclusif des sentiments désintéressés ?

— La voilà ! la voilà ! »

Ces exclamations saluaient la réapparition de la mouche, qui, à peine sortie du trou, s'était déjà remise en devoir d'entasser de nouveau à l'entrée les rochers qu'elle avait laissés aux alentours.

Par-dessus les blocs, elle repoussa soigneusement le sable à l'aide de ses pattes, jusqu'à ce que rien, dans l'aspect de ce lieu, ne pût faire supposer qu'une cavité y avait été pratiquée.

Elle voltigea ensuite un instant au-dessus du tertre, comme pour s'assurer d'en haut qu'aucun indice ne divulguait l'existence du précieux dépôt confié par elle à ce coin de terre. Puis elle s'élança vers le ciel, où nous l'eûmes bientôt perdue de vue.

Pendant que nous la suivions encore du regard, le vieux monsieur était allé prendre dans un coin du jardin une de ces petites houlettes de fer qui servent à la transplantation, et l'ayant enfoncée obliquement un peu en avant du souterrain, il pesa sur le manche de l'instrument.

Le fer ramena au jour la chenille, au flanc de laquelle était attachée une mignonne perle blanche allongée.

« Voilà l'œuf, fit le vieux monsieur ; vous voyez, je vous le disais bien : tout ce travail pour une mouche à naître. Il n'y a qu'un œuf, rien qu'un.

— Remettez-le ! remettez-le ! » criâmes-nous d'une commune voix, car cette idée nous eût été pénible à tous de réduire à néant l'œuvre qui avait coûté tant de peine à la mouche noire.

Un nouveau petit trou fut donc creusé, dans lequel la chenille et l'œuf qu'elle portait furent glissés délicatement, et dont on ferma rentrée avec grand soin, comme avait fait la mouche.

Et pendant toute la soirée il ne fut question que de cette mère à la fois si prévoyante, si active et si industrieuse.

Le vieux monsieur nous dit que cette mouche, d'ailleurs assez commune dans nos pays, a reçu des entomologistes le nom d'ammophile des sables.

Il ajouta qu'elle appartient à l'ordre des hyménoptères, à la famille des fouisseurs et au groupe des sphégides.

COURAGE ET TÉMÉRITÉ

Pour arriver plus tôt, afin de sauver son jeune frère qu'il venait de voir tomber dans une mare, où il allait périr, le petit Claude s'élança un jour de la fenêtre du premier étage. Grâce à Dieu, il sortit sain et sauf de cette périlleuse prouesse et ramena son frère, vivant, sur le bord.

Comme on le félicitait de sa généreuse action : « Ah ! le beau miracle ! se prit à dire jalousement André, son cousin. J'ai bien sauté de plus haut, moi, l'autre jour. Vous savez la grande échelle du fenil ? Eh bien ! je ne m'y suis pas pris à deux fois. D'un bond : hop ! Et je n'ai rien de cassé, moi, non plus.

— Tu as fait cela ? demanda le père du jaloux.

— Oui.

— Et dans quel but t'exposer si follement ?

— Pour m'amuser, pour prouver que je n'ai pas peur.

— Ah ! oui ! »

Le père, irrité de la sotte gloriole de son fils et du mauvais sentiment qui l'avait porté à essayer de s'en faire honneur, vint droit à lui, et, le prenant par l'oreille, il lui apprit à ne plus confondre le courage utile et la sotte témérité.

FIN